U0060695

自修課

楊小濱

目次

懷舊課

半夏露甜蜜如蜂，他咳痛
諸安浜街的下水。

紅領巾擦嫩了搪瓷臉，
一亮相就撕開雙眼皮。

假領開英雄花，發少年癢，
在粉刺上抹雪花膏。

的確良鬼附身，他跳小人書，
棕繃床上外婆吹起咖啡雲。

一滴魚肝油就養肥了二胡。
裸身少年，愛上麥芽糖。

相片上含不住留蘭香女孩，
他噴出煉乳，一陣濃焰。

電車甩蘭花指，烏雲拉手風琴，
他打開午餐肉罐頭，滿嘴桃色。

禮儀課

我歪坐在椅子上，像個問號，
他熱愛的世界卻不思考我。

他叫來警察殺人，也丟下臉皮，
我一屁股驚歎，迎風招展。

我關在聲音裡，成了啞巴，
他一邊強暴火車一邊吟詩。

他敞開長衫不再是雕像，
我在廣場裸奔，一頭鴿糞。

我死成一具標本，無名，
他穿上我的衣裳不像喜羊羊。

他吞下情人，高樓，稀土礦，
我沿笛聲奔跑，跌進唐朝。

我從自來水裡喝刀子，
他滿眼微笑，冷到牙縫。

時尚課

那就喝下這劇毒的蘭蔻，
用LV彩裙蓋上你的骷髏。

（春天塗脂抹粉而來，
好像紅桃Q走下撲克牌。）

全身睫毛的米老鼠，
一眨眼就踢飛了母老虎。

（春天塞在高跟鞋裡踮起尖酸，
未來女神望不見金銀山。）

杳奈爾，撲鼻的琉璃小姐，
嘴含瘟疫，吐出葡萄血。

（春天的祕密藏進維多利亞，
等待夏天裝上鑽石假牙。）

試睡的閃亮明星飛過夜空，
墜落在鱷魚島，滿眼惺忪。

天氣諜

請把課本翻到雨天。

假如兩陣雨加在一起，
你此刻的心情也不會更濕。

風用捲舌音帶來北方的冷，
耳朵不懂的，就交給鼻子吧。

請翻到雨天的背面。

晴天占了幾頁呢？陽光裡
你數　下見不得人的暈暈。

在一個更刺骨的晴天，
你還是裹緊燥熱的身體吧。

現在可以翻到末日了。

你必須在雷聲裡接著等：
天空蕩漾得反胃，嘔吐。

美少女來了，嘴含落日。
美少女來了，身披末日。

好了，可以把書收起來了。

命運課

你一生中會遇到的人，
將隨便親你。
還有，你要走的路
在為你呻吟。
有河流湧出嗓門。
你被那棵橡皮樹纏繞。
咬不住的風，
用你的喘息來哄睡世界。
你將被繽紛淹沒。

穿刺課

秒殺間，世界插進喉嚨。
噢，從針眼裡，你是否看見
另一個自己，

像小兔，才露尖尖乳，
嘴角擰彎了素顏。

哭成玫瑰呢，便迎接
每天的蜜蜂。寸寸軟
哼出勒緊的叫喊。

只一滴水晶猝不及防。
正午，透明鬼詛咒：
繡花就是你的命運！

縫住，再縫住，比釘住
更飲恨。比掐斷
更令人齒寒。全部
青春懸於一念。

在最後一絲冷笑中。

彎腰課

不知道在笑什麼。世界
直不起腰來，沒想到
風還會這麼衝動。
吹起的塵暴，足以
讓一切咳嗽無足輕重。
但彎腰的絕不止蒿草。
從遠處望，山也弓著背，
凸出軟，卻忘了融化，
仿佛認不出雲是姐妹。
那麼，即使是牙縫裡的雪
也不會因為痛而硬起來，
咬緊自己，意味著舌頭
還能頂住強吻的雷電，
在斷裂的誘惑下，假裝
滿地都是金燦燦的真理。

日語課

1

阿姨吾愛喔
媽咪暮賣饃
大弟肚袋多

2

癩痢鹿來囉
踏踢兔太拖
哈嘻虎還活

3

爬屁撲拍婆
拔筆不擺脖
牙醫又哎喲

洗澡課

脫到一半，你還不能說
自己是所有人中間最乾淨的。

那能不能相信，光溜溜
才是存在的無恥本質呢？

鏡子擦亮了，你不還是
長得像一堆皺巴巴的內衣嗎。

你卻用汗臭告訴我們，世界
只是　種可以洗掉的氣味。

但還有骨頭的每一寸灰塵，
始終蒙在心靈的幻影上。

還有肺腑裡升騰的狼煙，
宣告你剛燒盡的勇氣。

透過濃霧你必須看清楚
水平線在腰的哪一端。

洗內臟的時候你也要
小心斷腸，更不能心碎。

那麼靈魂呢，你打算
搓多久才讓它自由奔逃。

假如你是自己揉不爛的麵團，
把手放進別人身體試試呢。

國家圖書館出版品預行編目

楊小濱詩×3 / 楊小濱著. -- 一版. -- 臺北市：釀出版,
　2014.11
　　冊；　公分. --(語言文學類 ; PG1230)
　BOD版
　ISBN 978-986-5696-50-4(全套：平裝)

851.486　　　　　　　　　　　　　　103020339

閱讀大詩30　PG1230

楊小濱詩×3

指南錄・自修課

作　者	楊小濱
責任編輯	鄭伊庭
圖文排版	賴英珍
封面設計	王嵩賀

出版策劃	釀出版
製作發行	秀威資訊科技股份有限公司
	114 台北市內湖區瑞光路76巷65號1樓
	電話：+886-2-2796-3638　傳真：+886-2-2796-1377
	服務信箱：service@showwe.com.tw
	http://www.showwe.com.tw
郵政劃撥	19563868　戶名：秀威資訊科技股份有限公司
展售門市	國家書店【松江門市】
	104 台北市中山區松江路209號1樓
	電話：+886-2-2518-0207　傳真：+886-2-2518-0778
網路訂購	秀威網路書店：http://www.bodbooks.com.tw
	國家網路書店：http://www.govbooks.com.tw
法律顧問	毛國樑　律師
總 經 銷	聯合發行股份有限公司
	231新北市新店區寶橋路235巷6弄6號4F
	電話：+886-2-2917-8022　傳真：+886-2-2915-6275

出版日期	2014年11月　BOD一版
定　價	350元（全套三冊不分售）

指南錄

楊小濱

目次

輯三　難指鹿

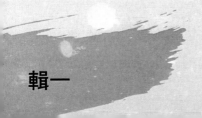

輯一

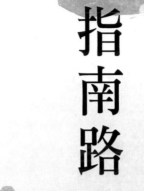

指南路

後事指南

我剛死的時候，他們
都怪我走得太匆忙。

其實，我也是第一次死，
忘了帶錢包和鑰匙。
「一會兒就回來，」
我隨手關上嘴巴，熄掉
喉嚨深處的陽光。

我想下次還可以死得再好看些。
至少，要記得在夢裡
洗乾淨全身的毛刺。

後來，我有點唱不出聲。
我突然想醒過來，但
他們覺得我還是死了的好，
就點了些火，慶祝我的沉默。

未來追憶指南

那時候，我還活著，也還沒
燒掉滾滾濃煙的鬍鬚，
我自比獅子，走在鋼索上。

直到有一天，我從夢中墜下，
風吹遠了我的雙耳——
誰都看成是蝴蝶撲飛，
幸運的是，那不是死後的愛。

比烏雲更重的我，果然
飄不起來，也抓不住
風的任何一對翅膀。

那時候，雨下個不停，
我還年輕，山上樹也都還綠著，
我以為我真的很有力氣，
但我舉不起曾經的時間。

深藍少年指南

火燒的妖怪在黑夜碎步，
他把一枚月亮藏在鼻孔裡。

滿懷秀麗，彎腰，口吃，
他吹草莖裡的鬼影玩。

從秋天抓憔悴，摳森林小鳥，
他掉進彩色深淵才醒來。

那只是虎嘯雲撲來的一瞬，
他在咒語上眩目，身段亂到底。

風聲卻高了半音，換錯了驚悚，
他撿螢火蟲吃，一臉含沙。

大爆炸指南

宇宙在哪呢？宇宙不見了。
剛才我還在口袋裡摸到它。

宇宙有時候不乖，就捏在手心裡。
我捨不得送人的宇宙。

讓它無限膨脹，出洋相，這樣
宇宙就更自以為了不起。

它笑了，宇宙它居然笑了。
這是一個什麼世界啊。

我閉上眼睛，宇宙就籠罩我。
我一張嘴，宇宙會唱起來。

我恨它，就像恨我的影子。
天空暗下來，我開始懷念它。

宇宙真的不見了，是掉在了路上？
一回頭，宇宙爆炸了。

自行引爆指南

扯住這個國家的命根子，

來那麼一下。揪心到死才問：

掀掉天空，能露出多少猙獰？

或者，還有哪些肢體可以放飛？

比起撓癢，火藥的脾氣更扎眼些。

只可惜，該死的沒死。

撥開硝煙，幾乎沒有什麼花更嗆人，

除了擠出血管的夢，

就不再有醒來的景色。

再扯，就乾脆扯亂紅旗和東風，

在霧霾裡使勁聞，這股焦啊，

像北方，一窩蜂燒完，

才輪到南方的心肝——

一旦熏熟，也能天昏地暗。

而一指禪早讓廚子剁沒了。

剩下擦不乾淨的無影腿，

踢寂寞，直到把自己踢成虛線，

扯斷一腔山河的腐爛器官。

雨季、指南

你冒雨前行，濕透的臉
騷氣氤氳。車燈
閃過淚花來，好像
燈籠上掛著妖精。

你哼外星曲調，把假聲
滴到天空深處。
像一場營養淋遍全城，
行人紛紛發芽。

你熱到不行，雨
冷到極點。雨撒出棉花糖、
彩帶、眼珠、殺蟲劑，
世界淅瀝得已入化境。

你摘掉身上的蘑菇，
把雨聲聽成英文。
當天空也呼嘯而過，
你冒雨前行，面如灰燼。

交通指南

整條街沸騰，玩具車滾成泡沫。
舉步維艱，燙手丟不開。
沿黑味望斷天涯，遠方
有戰國紛亂，火拼金屬狗。

彩雲噎住黃昏，落日
不敢笑出聲。號角響起
給肚裡的未來一堆亂念頭。

片片斑爛在地圖上蠕動。
狂歡了五湖四海，
好讓笛聲剁得更碎。

是誰綁住千山萬水？
晴天打不出嗝，只懸在花腔上。
人類多像是蟻類，慢起來
就無奈成時間測量員。

詩作丟棄指南

在每一首詩的中央有一首丟失的詩：
一首傑作的胃餓了，詩排泄出去，
成了大地的肥，在抒情的虛空裡，
嘴張開，但聽不見呻吟，只有嘴形
為了曾經的詩意，餘味早已消化，
從宇宙煙雲裡呼出的蜜蜂，
轉瞬即逝，只在花朵裡照見倒影，
一次甜在痛時才能重新記起
一支嗡嗡的歌，如花粉飄散在
另一陣花粉的晴天，記憶消逝
只有詞語堅持在氣味裡，
用聞到的替代已經說出的，
飛鳥停歇，影子依舊在飛翔——
有如每一個秋天的中央，
藏著一個撤空的、汗津津的夏天。

舊社會指南

我去舊社會，其實是為了
找個軍閥喝杯酒。假如時間寬裕，
就順便買場饑荒來瘦瘦身。

當然，最好參觀下滿目瘡痍，
在惡霸橫行時揭竿而起
也會是一次不錯的歷險。

我去舊社會，還有
騙女繁體字談個戀愛的小心思。
要不，穿件破馬褂，
拍一拍末代的雕花女欄杆？

這一去，我就很難回來了。
因為舊社會太舊，
是價值連城的真古董。而新社會
不過就是舊社會的山寨版。

去留指南

總有一根繩索像視線
拴住你鼻子的風箏。
春花，散發香氣時，
你還蕩在宇宙的鞦韆上，
等待雨後的好消息。
但黃昏眨眼就過去了
接下來，什麼都是黑的，
連鉤子都看不見，
更何談嗅覺的徹悟。
按理說，你不在乎
飄啊飄的，可一旦拋在
天邊，就怕星星也只能
閉上眼假裝熟睡，
不管螢火蟲怎樣喘吁吁
捱過自娛的節日。
黑得太久，你也就忘了
要去哪裡，甚至不記得
自己本是彩虹的伴侶。
再俯瞰一次，你
終於像烏雲探出舌頭，
測量旅行的真假，
但幻想已經太濕了，

承受不住更久的等候，
要不，就這樣靜靜降落，
反正懸崖總是比溫柔鄉
更空寂，更不知深淺，
從未錯過一次回頭，
也不會將絕望的一躍
誤認作炫技的筋斗。

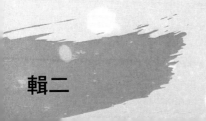

輯二

指路難

凍蒜指南

冷到嗆鼻，你就贏定了。
鑼鼓送走明天的好消息。

齊聲驚歎時，你的心
越搓越涼，幾乎飛成流星。

但燙手的不只是希望，
剝掉白雲，天就會辣出眼淚。

一個笑容僵硬了才能感人，
歡樂無邊，塞進冰窟窿。

真的冷嗎？倒出來就是春天，
假花搭好了腦袋和風景。

走下看板，你有如晴空含淚，
噴薄出萬里鏽跡斑斕。

踹共指南

踢出去的嘴，藏不住暗戀。
他羞於把私處攤到陽光下。

他還有暴風要走，踩空後
才會蹦出隱身的妖怪。

影子在花拳繡腿中倒下，
他忽青忽紫，無關痛癢。

這幾乎是苦瓜臉的季節，
他用烏雲打哈哈，一身抹灰。

他蹲在三岔口，假裝看不見。
椅子撲倒時，詭計一目了然。

迷失了六七腳，被歧路纏住了
滿口伶俐，死也招供。

謁陵指南

爬到最高，去看地下的精神。
似甲蟲，也可能啥都不是，
一馱百年，嘴上滿是興亡。
哀嘆得太久，喘成謎，
紫氣難掩殺氣。

要繞多遠，才進入黑暗？
墓穴裡，鮮花開，
給你我的無知加油。
但油然而生，畢竟容易，
冷風土皇帝。

下到底，迎來歡笑刺骨。
望雲端，夕陽有慚愧，
給藍帽子一頭血色。
幾代江山疊進四方口袋裡，
藏好餿主意。

神農山防火指南

我來晚了。財祖沒認出我,
門檻也高得只喊得出沉默。

山還是那山,等越過山腰
我的李商隱就會嘆息無限好。

獼猴們點頭,看懂了我的頑皮,
百草的苦澀換一嘴甜蜜。

吞下香腸,猴屁股變更紅,
簡直要燒起山坡上的龍鱗松。

鐵索將我們一把提到嗓子眼,
熱得連窗都化了,恰好風月無邊。

那就再往上,受不了更多陡峭,
心越高越旺,剛夠到玉皇廟。

跳下神壇,才灑出滿腔熱水。
正午的太陽下。菩薩放光輝。

校園參觀指南

鳥瞰的視野裡有每隻毛毛蟲。
連檳榔也是假的，葉子摘下，
長得像極了紮綠辮的鸚鵡。

從教室裡飄出華僑鬼魂，
一會兒咧嘴蹩腳的格言，
一會兒呲牙純金。

沿荒涼跑道一下就沒影了。
雲曬乾後，終於鋪上萬仞山，
踩下去，遍地咳嗽。

女老師笑成牡丹才停步，
但鬼魂不停，用手語打太極，
從拿破崙繞回風火輪。

掛在牆上，箴言隔夜就更腥，
連櫻桃小嘴也閉不攏了，
張開深淵，等候接班人。

以及婚禮觀賞指南

沒有人說過可以從提款機裡拉到新娘的裙擺——
而銀行只是一顆星星：硬幣的光亮來自無限遠

發情的主任，五金行董事長，檳榔鋪老總
一起爬到頂禿的高層，拋下越來越多的蛇皮紙牌

從深喉裡摳出紅綢舞的魔法師一邊綁住自己
一邊勒斷所有歡呼的脖子。他們咳嗽，但已如花

後來，她用哭聲淹沒了自己，星期五如海深
這和片尾的景色巧合，喜酒堆成了洪水……

明星教育指南

他捧出一張明星臉，問
換成了這樣怎麼辦？

拿來剪刀，把明星臉再削薄些，
我扯下夜幕，讓他飄上天。

果然，臉如風箏騰空，
俯瞰，大地是一片蜂擁的鬼。

表情寫意了欣喜，月亮
也偷笑起來，抹一把洗不乾淨。

怎麼連一絲雲的聲音也沒有。
墜落，有一種被吻到的錯覺。

訕訕飛來時，我把他掛上樹梢，
好像臉上塗滿了巧克力。

太暗了，也找不到蝙蝠俠了。
給我一臉他的驚險。

勒索指南

順著獵槍，你找到了獵人。

你逃進他的口袋裡。

在槍聲黏牙的時候，

你突然咳嗽了，你

咳出咬不住的祕密：

寧可被擊倒，你也不願

在一個甜美的日子裡變成子彈。

你抓住獵人的袖子，

喊出了沉默，卻無人回應，

你必須成為獵物，

成為香噴噴的野味。

贗品指南

只要願意，你就是商朝的鬼。
錯不了。難道你沒聽說：
國家已經蹲成了鼎。

第三隻腳，絕不是借來的尾巴。
換雙假眼，你就一定能看清。

接著，你摸到了歷史的私處。
當然，那是金屬的。
生了鏽，更像是古玩。

一旦軟下來，就會飄老去的雪。
蓋在一整年的愚人節上，
扮演雞血石和熊貓眼。

你忘了自己也是標本，
直到你的骨頭嫋娜成餓。

直到你用影子搭出另一個朝代，
但皇帝說：朕的發條斷了。

愚人節指南

你以為躲不過的刀會閃亮起來。要麼，
它們就是假的。比如正午的太陽
至今還不曾哭紅過眼。

戴上眼鏡，太陽只不過更像今天的緋聞。
說再多，陽光也比不上一陣玩具槍響
更撩人。但畢竟，底牌已經亮出：

炫目的一瞬間，你以為南方炸開了，
而那不過是一場獵殺演習，一開火
便有數不清的嘴在歌唱。

那些獵人也是假的？季節很鮮美，
但饕餮們錯過了。不用等待尖叫，
野味已經上桌，吃的和被吃的都不眨眼。

輯三

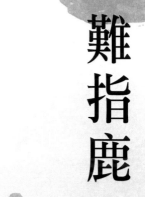

難指鹿

末日指南

像世界含在上帝嘴裡，
一顆糖融成甜。
你也是我的滋味，
是虛無的禮物。

暗下去之後，我
摸不到你。在一場
大火紛飛前，只有
良辰是不夠的。

在遊船上看煉獄
有美景。戴煙花
就吻成新公主。
如果燙舌頭，也猜
愛情是潑辣的。

你睡在淫蕩搖籃裡，
我唱愚人曲。末日
霞光萬道，你
從風景畫上離去。
消失前，我吞下未來花。

賓至如歸指南

他抱著廚房說再見。

他一邁步，門外琴聲如訴。

他登樓俯瞰客廳風景。

他擠在牆角數蜘蛛。

他爬到床頭，拔不出康乃馨。

他渾身笑容貼滿了紙幣。

他嘀咕，美夢能否養活在魚缸裡。

他從鏡子裡瞥見身後的自己。

他把搖椅擺成屁股的形狀。

他舔乾淨每一扇窗戶，遠望。

他散發浴缸的氣味。

他躺進壺底試水溫，把茶葉當睡蓮。

他打開嘴，空無一人。

他為臉色掛到牆上而鼓掌。

他跳進晚餐表演辣度。

他囫圇吞下摘除的燈光。

他痛毆電視，直到車禍降臨現場。

他用易拉罐托住天花板。

他說這就是視死如歸。

購屋指南

你不能兩次踏進同一條門檻。

有風景端出早餐，讓你
急於到陽臺練習跳樓。

你吐出北風，坐棉花雲，
你一路繞到禁閉室。

在傢俱森林裡狩獵，只有你
撫摸衣衫起伏，床笫冷暖。

你面壁，思索絕境之美，
你給玄關一次奇幻感。

空氣是一張藍圖，你可以
看見一個虛心的未來。

你打起噴嚏測噪音。
你拆下腰圍丈量面積。

戴上彩燈，你就扮成
螢火蟲點燃狂歡新郎。

你扛起四樓就奔向遠方。

焦慮指南

本來，另一堵牆攔不住影子。
但最終還是空氣拒絕放行。
空氣怎麼都說不通，
心想：「我又不是風。」
風真來時，你止不住笑，
但撓到癢處的，其實是
匆忙點燃的夏天。
這世上，沒一兩個夏天，
什麼事都辦不成。
可以想像，空氣無奈地搖頭，
感慨：「風就是風啊。」
好在熱浪不那麼固執，
眼淚也足以證明你能
三溫暖得像雨中的馬一樣快活。

秋日指南

掰著指頭撐彎十月。
數到一年的任何一節，
都可以重新開始
此刻胸有成竹的豐收，
在銅鑼聲裡迎來
比如，打開大門的雙乳，
和披頭散髮的敞篷車，
吐出金黃，如山林托起
一片虛空的橙林，
連搖落滿地的酸甜，
也繞不過最高的那朵雲！

拔草·指南

連根拔起壞思想之後，
山累得渾身濕透。
雷聲驚醒了土地公，
說我下手太痛。
二十幾年功名，
塵土也從頭髮裡扯出。
再用力，臉就撕破了，
連星空都怕拼不回來。
但站在巨石上，
彷彿站到了世界之巔，
俯視光禿禿的人生。

身份不明指南

解開星條旗，再脫光
五星旗，我裸身吃蚵仔煎。

在花蓮，海風從嶗山吹來，
私語中有密西西比黑人口音。

一失手，福爾摩沙生煎成高麗，
在涮涮鍋裡疊出怪味的九層塔。

舌上的美茵河才漂來詩的幽靈，
我便唱起美聲的精神分析學。

我從淮海中路拐入忠孝東路，
找不回在百老匯丟失的臉。

即使回到每張身份證上去微笑，
也認不出女世界在哪裡迎接。

遠遠看去，我的X不小，Y很高，
夠不到海岸，在樹梢搖曳。

乾坤騰挪指南

告訴我，風景怎樣才能
揉成麵團。要不你擰給我看：
這片軟綿綿的天。
昨天，它欠了我一屁股雨水，
又有誰能擦乾，告訴我。

夕陽為誰丟破了雞蛋，告訴我。
或許，天使從來不曾在
哭泣時碰碎過彩虹。
伸出手，怎麼也夠不到夜——
幸運的是，夜準時會來。

告訴我，要把哪次盛夏吹出雪。
你拎起自己的腳底，拋撒
驚恐的呼喊。打開門就是
夢的終點。但你的泳姿
能覆蓋多少海水，告訴我。

莫言獲獎指南

你把眼睛瞇成歇後語，
我猜出了其中的老花。
但對於高粱來說，
鼻子還紅得不夠燦爛。

對懷孕的太陽來說，
全身的額頭也都嫌不夠燙。
一場大病蔓延到歐洲，
真的能燒完骨髓裡的青蛙？

你拍拍魚的肩，用稱兄道弟的酒
灌倒了龍王廟。在幻覺深處，
魯迅如胃液般洶湧，
咬破了福克納的舌頭。

海巢旅行指南

在去海巢的路上，我們遇到了
家人、舊情人和幾個幽靈。

海浪的聲音像陽光砸在我們臉上。

一陣海風吹進來的時候，你
正在梳頭。你趴在窗沿
窗融化成了水，被潮流帶走
你接著梳秀髮，遞給我：
「那是我們的未來，」你說，

「痛的，才是美麗的。」

「可是，咬斷的未來還是未來嗎？」
你笑了笑，依舊伏在玻璃的水裡
仿佛一切都沒有發生過。

潮水的聲音漸漸遠去。
望著正午的碧海，你忘了我
在你身後，已經被火燒完。

你褪下紗衣，把灰燼
疊成記憶的形狀。但

那不是灰燼，我在浪尖上奔跑
一匹灰色的馬。

「還有多遠？」我問。
你回眸，吐舌頭：「讓海巢的風
吹奏，就像我們的叫喊。」